Ralf Neubohn

Der Nikolaus und sein Alpaka auf Tournee

Ralf Neubohn

Der Nikolaus und sein Alpaka auf Tournee

Bibliografische Information der Deutschen Nationalbibliothek
Die Deutsche Nationalbibliothek verzeichnet diese Publikation
in der Deutschen Nationalbibliografie;
detaillierte bibliografische Daten sind im Internet
über www.dnb.de abrufbar.

Herstellung und Verlag: BoD – Books on Demand,
Norderstedt

ISBN: 978-3-7519-9463-7

Diese Buch ist Mandy gewidmet

Inhalt

Vorwort

Liebe Leser!

Wie aus meinen Büchern: „Die Alpakas vom Nikolaus" und „Applaus für Alpaka und Osterhase" bekannt ist, liebt der Nikolaus seine Alpakas sehr.

Einer seiner besten Alpaka Freunde heißt Alpakalinle. Er zieht nicht nur als Leittier den Schlitten des Nikolauses durch den Himmel, sondern die beiden sind auch außerhalb des Nikolaustages unzertrennliche Freunde.

Die beiden besuchen zusammen Diskotheken, Rockkonzerte, Urlaubsorte und Lesungen.

Kultur ist ihr großes Hobby, vor allem das Schreiben von Büchern unter dem Pseudonym: „Ralf Neubohn". Es sind sehr lesenswerte Bücher. Kein Wunder! Da die beiden nur am 6.12. arbeiten gehen müssen, haben sie viel Zeit zum Schreiben.

Die Bücher schreiben die beiden zusammen mit dem Autor Ralphus Rheumaticuslinchen.

Vielleicht haben Sie schon mal eines der vielen Bücher des Trios gelesen?

Viel Spaß beim Lesen des neuesten Werkes dieses beliebten Trios.

Ihr Ralf Neubohn

Der Kaffeetiger

Am liebsten reisten der Nikolaus und sein Alpakafreund Alpakalinle nach Ostdeutschland in den Urlaub.

Besonders gern besuchten sie die Ostseebäder, die Mecklenburger Seenplatte, die Sächsische Schweiz und das schöne Land Brandenburg. Dieses liebten sie ganz besonders. Schöne Landschaft, nette Menschen, leckeres Essen.

Einige Tage verbrachten sie in einem Hotel an der Havel, als ihnen mehrfach Gespräche der anderen Gäste über den Kaffeetiger auffielen. Wer oder was sollte das denn sein? Aufmerksam nahmen beide den ganzen Tag die anderen Gäste unter die Lupe, aber nichts besonders geschah.

Am nächsten Tag beim Frühstück meinte der Nikolaus: „Das muss wohl ein Scherz gewesen sein. Hier ist niemand, der irgendwie auffällt. Alle völlig sympathische Menschen." In diesem Augenblick wurde die Tür zum Speisesaal aufgerissen und ein mit den Armen wild fuchtelnder Mann stürzte energisch herein. Dabei schrie er hysterisch kreischend: „Mein Kaffee, mein Kaffee! Ich brauche sofort meinen Kaffee!"

Zweifellos handelte es sich dabei um den Kaffeetiger. Ungeheuer wild! Noch im Stehen stürzte er sich lauf schlürfend eine Tasse Kaffee in den gierigen Raubtierrachen, welche offensichtlich beruhigend wirkt. Denn danach setzte er sich still und friedlich hin und fiel den ganzen Tag nicht mehr auf.

„Welche eine Bestie, vor der 1. Tasse Kaffee", sprach der Nikolaus nachdenklich. „Kaum zu glauben, dass es sowas gibt."

Alpakalinle entgegnete: „Und was war gestern Abend, als Du keine Rostbratwürste aus Thüringen bekamst?" Der Nikolaus errötete vor Scham. Doch dann ließ er so ganz nebenbei fallen: „Tja, wer war das bloß, der sich gestern Mittag so daneben benahm, weil es keine Rüben aus Teltow gab? Und wer stampfte empört mit allen vier Hufen auf, als keine Süßigkeiten aus Dresden zum Nachtisch kamen?"

Zum Glück können Alpakas nicht erröten. Beide meinten gleichzeitig völlig selbstlos und rein zufällig: „Ach, eigentlich ist der Kaffeetiger doch ein sympathischer Mensch."

Der Alte Fritz

Als der Nikolaus und sein Alpaka das Lieblingsschloss Friedrich des Großen besichtigen wollten, geschah Seltsames. Die Menschen blieben stehen, zeigten mit den Fingern auf sie und riefen jubelnd: „Er ist wieder da! Er ist wieder da!"

Verblüfft blieben die beiden stehen. Wer war wieder da, was sollte das bloß heißen? Sie besichtigten das Schloss doch zum ersten Mal!

Ein alter Mann rief begeistert: „Der Alte Fritz, der Alte Fritz!"

Ein anderer meinte hingegen: „Nein, es ist nicht der Alte Fritz. Der war selbst im hohen Alter viel dynamischer!" Enttäuscht seufzend verlief sich der Menschenauflauf wieder. Während unsere beiden Helden überlegten, wer wohl von ihnen beiden mit dem Preußen König verwechselt wurde. Eigentlich wollten sie es lieber nicht so genau wissen.

Die unheimliche Begegnung

Eines Abends hörte ein Spaziergänger aus dem dunklen Spreewald ein lautes Gebruddel. Erstaunt blieb er stehen, während der Nörgler ihm immer näher kam. Aus den Tiefen des Spreewaldes kroch langsam ein Schlitten hervor. Der Weihnachtsmann saß mit ärgerlichem Gesichtsausdruck darauf. Als der Schlitten ganz nah zu dem Spaziergänger schlich, fragte dieser erstaunt: „Nanu? Ich dachte, Du hast Rentiere? Ist dies ein moderner Elektroschlitten?" Der Weihnachtsmann erwiderte: „Die Rentiere haben zu viel genascht und mussten wegen Bauchweh daheimbleiben. Als Ersatz wollte ich zuerst die Alpakas vom Nikolaus ausleihen. Aber die sind mit ihren Alpaka-Freundinnen auf Urlaub in der Südsee. Daher musste ich eben eine andere Vertretung nehmen."

Der Spaziergänger starrte den Schlitten angestrengt an. „Aber ich sehe keine Zugtiere. Wo sind die?" Der Weihnachtsmann sprach genervt: „Du musst genauer schauen! Zwergalbino Angorahäschen ziehen den Schlitten."

Nun sah der Spaziergänger die Löffelöhrchen aus dem Schnee schauen und begriff: Am heutigen 24.12. würde es sehr spät werden, bis zur Bescherung!

Hoffentlich mussten Sie, die werten Leser dieses Buches, nicht auch so lange warten!

Überraschung

An Halloween klingelte es an der Tür einer jungen Frau. Sie öffnete und sah eine merkwürdig vermummte Gestalt vor sich. Diese murmelte: „Süßes oder saures!" Die Frau erwiderte: „Aber Du bist doch der Nikolaus und musst Geschenke bringen, und nicht welche holen!"

„Mist!", überlegte der Nikolaus. „Ich dachte, sie erkennt mich nicht!"

Kabarett

Der Nikolaus und sein bester Freund Alpakalinle besuchten gerne zur Entspannung Kabaretts. Besonders viel Spaß machten ihnen die Tanzvorführungen von Alpakas. Denn Alpakas sind die geborenen Tänzer. Sie klackern unvergleichlich mit ihren Hufen beim Stepptanz oder Flamenco. Ganz ohne Hilfsmittel ertönt beim Tanzen das rhythmische Klack, Klack.

Beim Besuch des Kabaretts bringt der Nikolaus immer einen Sack voller Gaben mit. Die guten Tänzer erhalten daraus Geschenke, die schlechten werden mit Walnüssen beworfen.

Aua!

Die Reise

Alpakalinle fuhr mit dem Zug von Luckenwalde nach Wittenberg. Noch nie hatte er die bekannte Lutherstadt gesehen. Aufgeregt schaute Alpakalinle anfangs noch aus dem Zugfenstern, bevor er unversehens einschlief.

Beim Aufwachen stand der Zug schon im Bahnhof und Alpakalinle konnte gerade noch herausspringen, bevor der Zug weiterfuhr. Die Stadt gefiel ihm eigentlich ganz gut. Aber irgendwie doch kleiner als gedacht. Auch von irgendwelchen Luther Denkmälern oder ähnlichen Dingen war wenig zu sehen. Kaum Bezug zu Luther eigentlich. Seltsam, Alpakalinle hatte eigentlich gedacht, dass die Lutherstadt Wittenberg Luther ganz groß herausstellen würde. Sozusagen: Luther im Scheinwerferlicht. Merkwürdig, nicht zu verstehen! Es gab zwar einige Sachen mit Lutherbezug, aber überraschend wenig.

Doch lohnte sich die Reise dennoch, ein schöner Ort. Am Bahnhof erstarrte das Alpaka! Da stand am Bahnhofsschild ein ganz anderer Ortsname! Kein Wunder, gab es wenig Lutherbezug, viele Stationen nach Wittenberg! Oh, wie peinlich!

Alt?

In Fürstenwalde spazierte der Nikolaus gedankenverloren, als ihn ein Jugendlicher ansprach: „He, Alter!" Der Nikolaus bezog es nicht auf sich und lief weiter. Da erklang der Ruf: „Du, Alter! Bleib stehen!"

Der Nikolaus drehte sich um, wo wohl dieser Alte entlang lief, den jemand rief. Niemand Altes zu sehen. Der Jugendliche zeigte auf ihn. Der Nikolaus sagte: „Alt? Ich bin nicht alt!" „Aha", sprach der Jugendliche. „Du bist nicht alt? Warum hast Du dann einen weißen Bart?" Der Nikolaus erwiderte: „Das hat mir dem Alter nichts zu tun. Auch junge Menschen haben manchmal weiße Haare oder gar eine Glatze."

Empört rief der sehr kahle Jugendliche: „Ich habe keine Glatze! Wie alt bist Du eigentlich?" Der Nikolaus kam ins Grübeln. „Wann wurde ich eigentlich geboren? Ist noch gar nicht so lange her. Müsste ich doch eigentlich wissen. War es kürzlich vor 800 Jahren? Oder ist es doch schon 900 Jahr her? Wie die Zeit vergeht!"

Während er noch nachdachte, erfasste den jungen Menschen Furcht. Er floh schreiend: „Der Alte ist doch voll bekloppt!"

Der Nikolaus überlegte: „Jetzt redet er wieder von dem ominösen Alten und hier ist doch gar keiner. Seltsam, diese Menschen."

Herrlichkeiten

Das Alpaka lief durch die Stadt Rathenow. Dabei dachte es an seine kürzliche Reise ins schöne Bad Saarow-Pieskow. Es liebte Seegebiete besonders arg. Auch Plaue hatte sein Herz gewonnen, aber am meisten gefiel ihm die Seegegend von Finow und Eberswalde. Während der Nikolaus den Spreewald bevorzugte. Sie waren beide alte Freunde, doch ihr Geschmack lag offensichtlich weit auseinander.

Das Alpaka sah auf seine Uhr: „9.30 Uhr! Genau die richtige Zeit für Kakao und Kekse!" In Wahrheit war für das Alpaka JEDE Uhrzeit die ideale Zeit für Kakao und Kekse. Eine Tatsache, welche es nicht gern zugab.

Es eilte in sein Lieblingsstammcafé, einem bevorzugten Ort von Feinschmeckern. Im Café sah es den Nikolaus an einem Tisch voller Keksberge und drei Kannen voller Kakao. Dieser rief: „Ich bin zu einem kleinen Zwischenimbiss hier! Wusste gar nicht, dass Du hier auch Kunde bist!" Das Alpaka bestellte auch für sich Keksberge und drei Kannen Kakao. Sie waren sich beide ähnlicher, als sie dachten.

Wohl bekomm's!

Angst

Besorgt lief das Alpaka neben dem Nikolaus durch den Wald spazieren. Nach einer Weile fragte der Nikolaus: „Warum bist Du so nervös? Vor was hast Du Angst?"

„Ich fürchte mich vor Eisbären!", bekam er zur Antwort. Verwundert erkundigte er sich: „Wieso Eisbären? In deutschen Wäldern gibt es keine Eisbären! Nur Braunbären und Schwarzbären." Plötzlich ertönten mitten im Wald äußerst merkwürdige Geräusche. Was konnte das bloß sein? Neugierig gingen sie näher. Auf einer Lichtung saß ein Braunbär und lutschte Eis am Stiel. „Ich habe es doch gewusst!", entfuhr es Alpakalinle. „Es gibt also doch Eisbären hier!"

Schneealpakas

Eines Tages bauten die Alpakas mal wieder Schneealpakas. Die meisten setzten ihren Schneealpakas Kartoffeln als Nase ein. Nur Alpakalinle nahm eine rote Tomate. Diese ähnelte sehr seiner eigenen Nase.

Plötzlich kamen die Alpakas an einen Platz, wo Schneeosterhasen standen. Allerdings hatten diese statt einer Karottennase nur eine leere Stelle, wo mal die Karottennase steckte. Wer konnte bloß Schneeosterhasen bauen? Erlaubten sich Kinder einen Scherz? Da erklang ein lautes Schnaufen! Leise schlichen sich die Alpakas an und sahen....

Den Osterhasen. Dieser baute also die Schneeosterhasen! Ach, wie albern! Wer baut denn schon sowas! Es ist schließlich seit Jahrhunderten Tradition, dass im Schnee ausschließlich Alpakas gebaut wurden, die Krone der Schöpfung und sonst nichts anderes.

Schneeosterhasen! Pah! Verächtlich schnaubend liefen die Alpakas zu ihren Bauwerken zurück.

Doch der Osterhase bemerkte dies alles und baute einen Schneeleoparden, der zum Sprung auf die Alpakas ansetzte. Als diese den Schneeleoparden nach einer Weile bemerkten, flohen die erschreckten Alpakas panisch heim in ihren sicheren Stall.

Schule

Die Enkel von Ralphus Rheumaticuslinchen ritten immer auf einem Alpaka in ihre Dorfschule. Das lag einerseits am langen Schulweg. Anderseits daran, dass sie bei Klassenarbeiten das Alpaka mit in den Unterricht nahmen. Dort sagte es ihnen schwäbelnd nuschelnd die richtigen Lösungen vor. Das lag daran, dass das Alpaka in Wirklichkeit ihr Opa Ralphus war. Doch wegen der großen Ähnlichkeit fiel dies nie irgendjemanden auf. Ganz schön schlauer Trick, was?

Pech

Eines Tages gab Alpakalinle seine Pelzmütze in die Wäsche und lief mit kahlen Kopf durch die Straßen. Jeder hielt Alpakalinle nun für Ralphus Rheumaticuslinchen. Das Alpaka ärgerte sich sehr, laufend verwechselt zu werden.

Als wieder jemand es als Ralphus ansprach, streckte es ihm zuerst die Zunge raus und biss dann in die Nase des armen Mannes. Der rief völlig erstaunt: „Na, sowas! Ich hätte nicht gedacht, dass Ralphus noch Zähne hat! Bei seinem Alter! Unglaublich!"

Das Gesicht des Alpakas wurde vor Zorn so rot wie seine Nase und es galoppierte schnell in seinen Stall, um dort auf das Trocknen der Fellmütze zu warten.

Merke: Nicht jede kahle Gestalt ist der Autor Ralphus Rheumaticuslinchen, der zusammen mit Alpakalinle und dem Nikolaus Bücher unter dem Pseudonym Ralf Neubohn schreibt.

Geschwister

Die beiden Brüder von Alpakalinle lebten in Schulzendorf. Meist sprachen die Leute nur von den beiden Punkeralpakas, da sich das Alpaka Mohrrübe stets das Fell rot färbte, während sein Bruder Spinat nie ohne grünes Fell ausging. Ansonsten blieben die beiden Punker relativ unauffällig, wenn man davon absah, dass stets aus ihrem Stall laute Punkmusik ertönte. Sie spielten nämlich zusammen mit den Rentieren des Weihnachtsmannes in der Punkband „Weihnachtsfreie Zone".

Trotz des wilden Bandnamens unterstütze sie der Nikolaus begeistert mit zahlreichen Geschenken am Nikolaustag. Neue Lautsprecher, Verstärker, Mikrophone usw. Gelegentlich traten sie alle zusammen im Brandenburgischen auf und sangen Punkversionen von Weihnachtsliedern. Seltsamerweise gehörte der Weihnachtsmann nicht zu ihren Fans. Warum wohl? Mochte er keine Weihnachtslieder? Seltsam!

Der Bassist

Der 1. Bassist der Band hieß Osterhase und konnte vierpfötig Rockmusik spielen. Leider bevorzugte er Lieder wie: „Leise mümmelt der Osterhase..." Auch liebte er Bandnamen wie z.B. „Goldlöffelöhrchen", „Zuckerrübchen", womit die anderen Bandmitglieder nicht leben konnten. Als Ersatz holten sie sich Heavy Metal Alpakalinle, welches wegen Rheumas meist auf einem Pantherfell liegend Gitarre spielte. So oft es ging, kam Alpakalinle extra aus Süddeutschland angereist. Einerseits liebte es die Musik, aber noch mehr die feschen Alpakagroupies aus Potsdam.

Es liebte also von ganzen Herzen das Musikerleben, vor allem die süße Zuckerseite davon. So ein Schlingel! Wer hätte das gedacht?

Konzerte

Bei den Konzerten in verschiedenen Städten Brandenburgs ging es hoch her! In Jugendhäusern tobte das Publikum vor Begeisterung. Bei Auftritten in Altenheimen tobte das Publikum auch, aber nicht vor Begeisterung. Im Gegenteil! Empörte Senioren warfen den Musikern ihre Gebisse an den Kopf, stürmten mit ihren Krücken die Bühne! Das Publikum griff also sozusagen interaktiv ein, weswegen zu Weihnachten der Weihnachtsmann mit Rentieren reiste, die zahlreiche Beulen trugen. Oft seufzte er kummervoll: „Warum tut Ihr Euch das bloß an?" Die Rentiere dachten schmunzelnd an die Groupies und antworteten lieber nicht.

Tempo

Der Nikolaus raste auf seinem Motorrad dahin. Seine Leder-
kleidung war förmlich mit metallenen Nieten und Aufnähern von
Rockbands der härteren Art gepflastert. Im Beiwagen saß Alpakalinle
mit seinem riesigen Kofferradio und grölte bei den Songs ziemlich
falsch mit.

Doch das machte dem Nikolaus nichts aus, denn geistig verweilte
er schon beim Konzert in der Nähe von Schulzendorf. Es sollte so
eine Art Heimspiel für die beiden Punkerbrüder von Alpakalinle
werden.

Die Totenkopfohrringe des Nikolauses blitzten im Mondlicht, genauso
wie die zahlreichen Stahlketten an der Lederjacke.

Plötzlich kam dem Nikolaus ein eher ausgefallener Gedanke: „Sag
mal, weißt Du, welche Songs wir heute spielen?"

Alpakalinle zuckte überrascht zusammen, entgegnete vorwurfsvoll:
„Ich dachte, Du hast die Songauswahl für das Konzert! Was machen
wir jetzt? Wir können doch ohne Songliste nicht auftreten! Das wird
sonst eine Blamage, wenn wir völlig unvorbereitet kommen!"

Doch es wurde ihnen glücklicherweise erspart, sich zu blamieren.

Die Polizei hielt sie an, wegen Geschwindigkeitsüberschreitung und
weil das Motorrad seit rund 90 Jahren keine Werkstatt und somit
keinen TÜV sah. Der Nikolaus wollte sich damit entschuldigen, dass
er damals das Motorrad ganz neu kaufte und es vor 90 Jahren noch
keinen TÜV gab. Die Polzeit schenkte dieser Aussage keinen glauben,
zog das Motorrad wegen zahlreicher technischer Mängel ein.

Humpelnd erschien er mit Alpakalinle 5 Stunden nach Ende des Konzertes am Open Air Gelände. Nichts zu sehen, als dunkle, schwärzeste Nacht. Tröstend sprach er: „Na, gar nichts los hier! Da haben wir also gar nichts verpasst! Glück gehabt!"

Es fehlt was

Bei vielen Konzerten im brandenburgischen fiel es dem Nikolaus auf, dass die Alpakas und Rentiere beim Publikum viel besser ankamen als er selber. Irgendwas machten sie also besser. Sollte er sich auch wie Alpakalinles Brüder die Haare färben? Oder wie die Rentiere flott die Hufe schwingen? Was fehlte ihm bloß im Gegensatz zu den anderen, die so von den Fans umschwärmt wurden? Er schaute sich daraufhin viele Musikvideos anderer Bands an, schließlich lernt man nie aus. Dabei bemerkte er etwas. Den entscheidenden Unterschied. Das, was ihm fehlte!

Sofort eilte er davon, um auch schon bald modern zu sein.

Nach ein paar Tagen erschien der nun veränderte Nikolaus beim nächsten Konzert. Zum Erstaunen seiner Musikerkollegen stürmten alle Mädchen hysterisch kreischend die Bühne.

Es ging zu, wie bei Rockkonzerten in den 60er Jahren.

„Süß!", „Cool!", „Hammerhart!", lauteten die entzückten Schreie der Fans.

Natürlich haben die geneigten Leser schon lange erraten, wie es zur plötzlichen Beliebtheit des Nikolauses kam. Er trug wie stets Rockerkleidung, Sonnenbrille usw. Doch was ihm die Herzen der Fans im Sturm eroberte, war eine große Tätowierung. Und zwar nicht irgendeine Tätowierung. Oh, nein! Sondern das Bild seines Lieblingsalpakas prangte an seinem muskulösen Oberarm.

SÜSS!

Fliegen

Eine Eichhörnchenmama sah, wie ihr Kind versuchte zu fliegen. Es flatterte mit dem Ärmchen und nahm Anlauf. Die Mutter sprach belehrend: „Du kannst nicht fliegen. Alle Vierfüßler können es nicht. Nur Zweifüßer wie z.B. Enten, Schwäne oder Vögel!"

Da lief an ihnen Ralphus Rheumaticuslinchen vorbei. Da rief das junge Eichhörnchen: „Das ist ein Zweifüßer, warum fliegt er dann nicht?"

Die Mutter erwiderte: „Diese Art von Zweifüßern kann nicht fliegen."

Verwirrt erkundigte sich das Junge: „Aber ich dachte nur Vierfüßer können nicht fliegen?"

Was die Mutter antworten wollte, werden wir nie erfahren. Denn in diesem Augenblick erklang ein lautes: „Ho, ho, ho!" und der Weihnachtsmann flog mit seinem Rentierschlitten über sie hinweg. Vorwurfsvoll sprach das kleine Eichhörnchen: „Aha! Ich dachte Vierfüßer können nicht fliegen!"

Die Mutter begann zu antworten: „Rentiere sind eine Ausnahme..." Lautes Glöckchengeläut unterbrach sie, als der von Alpakas gezogene Schlitten des Nikolauses über den Wald flog.

Abends kam der Eichhörnchenpapa nach Hause und sah seine Frau und das Kind mit flatternden Pfötchen auf der Wiese laufen. Vorwurfsvoll sagte er: „Vierfüßer können nicht fliegen!" Weitere Worte erstarben auf seiner Lippe, als der Osterhase auf seiner Riesenmöhre vorbeiflog.

Tja, wie ist das nun eigentlich mit dem Fliegen?

Warnung

Zufrieden lief Alpakalinle am Ruppiner See spazieren. Was für eine schöne Landschaft! Ideal für Maler. Mitten in dieser lieblichen Umgebung stand ein Warnschild: „Vorsicht wilde Bären!". Alpakalinle überlegte: „Ob es wieder diese harmlosen Eisbären sind? Oder doch richtige Bären? Vielleicht gefährlich wilde Bären? Soll ich lieber zurücklaufen?"

Doch das Alpaka hatte zu lange überlegt. Eine Horde besonders wilder Bären schlich sich unbemerkt an und überfiel das arme Alpaka völlig überraschend!

Vor Schreck erstarrte unser Held zuerst, bevor er beruhigt feststellte: „Stimmt. Es sind wirklich wilde Bären. Nämlich wilde, schmusige Kuschelbären. Sowas Süßes, Anhängliches!"

Nach drei Stunden ausgiebigen Kuschelns lief das Alpaka zufrieden weiter, während die armen Bären dachten: „Brumm? War das schon alles? Vier oder fünf Stunden länger kuscheln wäre doch viel schöner gewesen!"

Da hörten sie die Schritte des Nikolauses, der zufällig denselben Weg entlang lief. Die Bären versteckten sich und lauerten ihrem nächsten Opfer auf! Endlich wieder Zeit zum Kuscheln für die armen Bären!

Die Show

Ralphus Rheumaticuslinchen besuchte mit Alpakalinle in Ruppin eine Abendshow. Diese war ganz unterhaltsam, die Zeit schritt unmerklich fort. Plötzlich richteten sich alle Scheinwerfer auf die beiden. Der Showmaster rief sie auf die Bühne. Völlig verblüfft begaben sich die beiden dorthin. Was wollte man bloß von ihnen? Wurde von ihnen jetzt irgendeine Showeinlage erwartet? Und wenn ja: Welcher Art? Um was ging es überhaupt? Da rief der Showmaster mitten in dem begeisterten Beifall des Publikums: „Herzlichen Glückwunsch! Sie haben mit großem Abstand gewonnen! Noch nie hatten wir hier in der Show zwei solch großartigen Sieger! Einmalig! Sensationell!"

Völlig verwirrt fragte Ralphus: „Bei was haben wir denn überhaupt gewonnen?"

Der Showmaster rief euphorisch: „Beim Wettbewerb der sich am ähnlichsten Zwillinge natürlich! Große Gratulation!"

Es ist leider nicht bekannt geworden, ob die beiden den Preis annahmen oder gemeinsam dem Moderator in die Nase bissen.

Auf Tour

Wenn das Alpaka als Leittier mit dem Schlitten des Nikolauses durch die Luft sauste, machte es sich immer etwas Sorgen. Schließlich bestand stets die Gefahr, dass sie als UFO geortet wurden. Oder, dass sie versehentlich ohne Erlaubnis über die Grenze eines Nachbarlandes flogen.

Die schrecklichsten Folgen konnten möglich sein! Am liebsten hätte das Alpaka ein Navigationsgerät benutzt, aber der Nikolaus lehnte sowas strikt ab: „In meiner Jugend gab es sowas auch nicht! Wir sind ohne solche Dinge stets gut ausgekommen!"

„Alte Leute sind wirklich manchmal etwas schwierig", dachte das Alpaka. Wobei es vergaß, dass es im selben Jahr wie der Nikolaus geboren wurde. Nun, so eine Tatsache würde wohl jeder sofort aus seinem Gedächtnis verdrängen. Wie dem es auch sei, bisher ging alles gut. Das lag einfach daran, dass alle Armeeangehörigen die bisher den Schlitten orteten, nichts unternahmen. Wollte ihn mal doch jemand abschießen lassen, so sagte stets sein Vorgesetzter: „Sind Sie verrückt? Wer soll uns allen dann in Zukunft am Nikolaustag Geschenke bringen?" Dieses Argument sahen alle Soldaten ein. Lieber mal ein Auge zudrücken, als künftig nichts Süßes mehr zu bekommen.

Richtig so!

Alarm

Am 5.12. spielten die Alpakas des Nikolauses Karten, als plötzlich die Alarmanlage schrillte und ihr Stall in der Alarmfarbe Rot erstrahlte. Da Alpakas reaktionsschnelle Tiere sind, versteckten sie schnell die Karten, schalteten den Alarm aus und stellten sich schlafend. Der Nikolaus trat in den Stall und sagte bedauernd: „Ach, Ihr Armen! Leider muss ich Euch jetzt wecken, wir müssen zu unserer jährlichen Tour starten. Aber als Trost fürs Aufstehen bekommt Ihr heute eine schöne Überraschung!"

So zogen wie jedes Jahr die Alpakas den Schlitten des Nikolauses und freuten sich auf die versprochene Überraschung. Hoffentlich bekamen auch die Leser dieses Buches eine schöne Überraschung vom Nikolaus!

Wunscherfüllung

Der Autor Ralphus Rheumaticuslinchen saß mit seinen Teddys im Wohnzimmer und dachte: „Bald kommt der Nikolaus und bringt uns Kekse. Einerseits freuen wir uns alle darauf. Andererseits wäre es schön, wenn der Nikolausabend mal anders verliefe." Kaum gewünscht, rumpelte es kräftig im Schornstein, gefolgt von einer riesigen Aschenwolke kamen die Alpakas vom Nikolaus ins Wohnzimmer, tanzten laut singend einen Flamenco, einen Stepptanz und besonders furios einen bayrischen Schuhplattler. Danach eilten sie kichernd aus der Wohnung hinaus. Ralphus sah mit seinen Teddys ihnen noch lange verblüfft nach und meinte dann nachdenklich: „Vielleicht sind jedes Jahr Kekse doch besser!"

Oh, weh!

An Weihnachten hörten Ralphus und seine Teddys gemütlich schöne Weihnachtsmusik, aßen Honigkekse und tranken warmen Kakao dazu.

Ein schöner, langer Abend lag vor ihnen. Mit einem Auge schauten sie dabei stets auf den Kamin. Doch der Weihnachtsmann kam und kam nicht. Hatte sein Schlitten vielleicht einen Platten? Ob schon einer der Hilfsdienste auf der Suche nach ihm war, um den Schlitten abschleppen zu lassen? Die Nacht schritt voran, noch immer kein Weihnachtsmann! Allmählich stieg das Sorgenbarometer. Vielleicht hatten gefährliche Desperados den Schlitten überfallen und geplündert? Ein Klingeln an der Tür ließ unsere Helden zusammenfahren. Wer konnte das sein? Vielleicht der Notarzt mit dem angeschossenen Weihnachtsmann? Ralphus erhob sich mit seinem dicken Bäuchlein und hinkte zur Tür. Vor ihm stand der Weihnachtsmann und rief verärgert: „Wenn Ihr heute noch Geschenke wollt, müsst Ihr mir endlich helfen kommen!"

Ralphus trat erstaunt aus der Tür, da donnerte der Weihnachtsmann: „Vorsicht, Du trittst sonst auf meine Zugtiere!"

Suchend blickte sich Ralphus um, sah aber nirgends Rentiere. Plötzlich nagte etwas Kleines, Weißes an seinen Hausschuhen. Weiße Zwergangorahäschen zogen den Schlitten! Kein Wunder, brauchte der Weihnachtsmann Hilfe. Aber wie sollten Ralphus und seine Teddys helfen? Der Weihnachtsmann erklärte es energisch und anschließend zog dann eine lange Karawane durch den Schnee. Ralphus mit seinem dicken Bäuchlein als Schneeräumpflug. Dahinter die Teddys mit kleinen Schäufelchen, um die Schneereste wegzuschaufeln, die ihr Schnee- und Eisbrecher noch hinterließ. Kurz hinter den Teddys folgte der von den Zwergangorahäschen gezogenen Schlitten. Den

Schluss der Karawane bildete ein Bernhardiner. Um seinen Hals hing ein Fässchen mit Karottensaft. Im Laufe der anstrengenden Nacht beschlossen Ralphus und seine Teddys, künftig von 6. bis 24. Dezember in Urlaub zu fahren. Noch so einen Dezember wollten sie nicht mehr erleiden!

Besser?

An Ostern saßen unsere Helden mit Ferngläsern bewaffnet in Hecken versteckt, um den Osterhasen beim Verteilen der Eier heimlich zu beobachten. So mussten sie dann nicht mehr lange Eier suchen.

Außerdem bestand nicht mehr die Gefahr, Monate später zufällig über uralte Eier zu stolpern.

Der Morgen schritt voran. Bald musste der Osterhase geschickt von Gebüsch zu Gebüsch huschen, um ungesehen seine Ostereier zu verstecken. Plötzlich erklang lautes Hufgetrappel. Eine wilde Rinderherde? Nein, der Cowboyosterhase ritt auf einem schnellen Alpaka in einem Affenzahn an ihnen vorbei und warf dabei die Eier wie Konfetti um sich. Ernüchtert dachten unsere Helden: „Die Feiertage sind alle nicht mehr, was sie mal waren. Ja, damals...“

Fit

Viele Leser fragen sich, wie es der Nikolaus schaffte, dass seine Alpakas jedes Jahr am 6.12. fit zu so einer langen Arbeitsreise sind.

Das ist ganz einfach. Die Alpakas leben auf einem Bauernhof in Süddeutschland. Ganz in der Nähe ist ein als Scheune getarntes Fitnessstudio für Alpakas. Dort gibt es vor allem Laufbänder und Geräte zu Fußgymnastik. Doch darauf allein vertraut der clevere Nikolaus nicht. Am 6. Dezember läuft vor dem Alpakaschlitten eine schwäbische Alpaka-Dame, was die Alpakaherren anspornt. Gelegentlich muss der Nikolaus sogar kräftig bremsen, um nicht an den Häusern vorbei zu sausen.

Müggelsee

Alpakalinle lag mit dem Nikolaus am Müggelsee in der warmen Sonne. Gemeinsam schauten sie jungen Mädchen und Alpaka-Damen nach, die sich ins Wasser begaben.

Alpakalinle sah den Nikolaus voller Interesse zu, wie dieser sich immer wieder mit Sonnenöl einschmieren musste. Wie froh war Alpakalinle, dass Alpakas keinen Sonnenbrand bekamen!

Allmählich begann beiden etwas langweilig zu werden und so beschlossen sie, Wasserski zu fahren. Der Nikolaus meinte, ein großer Sportler wie er, könne problemlos jede Art von Ski fahren, was sich mehrere Stunden lang als Irrtum erwies. Nach des Nikolauses häufigen Stürzen in den See wunderte sich Alpakalinle, dass überhaupt noch Wasser im See übrig blieb.

Als sie dann gegen Abend auf ihren Wasserski doch noch losbrausten, staunten die anderen Seebesucher nicht schlecht! Ein alter Mann mit roter Zipfelmütze, langen Mantel und ein Alpaka fuhren gemeinsam Wasserski! Nicht wenige Strandbesucher glaubten, einen Sonnenstich zu haben.

Na, sowas!

Gefahr

Der Nikolaus und Alpakalinle beschlossen einmal, Gleitschirm zu fliegen. So mühelos zu schweben, ohne eigene Anstrengung, das musste doch wunderschön sein!

Am Anfang lief auch alles glatt. Doch bei Müncheberg drehte überraschend der Wind. Statt westlich Richtung Berlin wehte es nun nach Süden. Beide bekamen Angst, in den Scharmützelsee zu stürzen oder bei Frankfurt/Oder über die Grenze nach Polen zu fliegen! Da beide keinen Ausweis besaßen, winkten bei einem unfreiwilligen Grenzübertritt riesige Probleme!

Da starker Aufwind herrschte, gelang eine vorzeitige Notlandung nicht. Es ging immer weiter nach Süden. Oder gar Süd-Osten? Richtung Polen?

Zitternd glitten unsere Helden weiter über den Himmel. Doch ging alles gut. Keine Wasserlandung, kein Grenzübertritt.

In der Nähe von Dahme bekamen sie wieder festen Boden unter die Füße. Der Nikolaus fuhr daraufhin mit dem Bus in den Spreewald, um dort Gürkchen zu kaufen. Alpakalinle besuchte seine beiden Brüder in Schulzendorf. Er erklärte ihnen: „Nur, um Euch zu besuchen, bin ich mit dem Gleitschirm von Strausberg hergeflogen. Für Euch ist mir kein Weg zu weit!"

Abendsonne

Ralphus Rheumaticuslinchen lief auf einem Weg in Richtung untergehender Abendsonne. Er dachte daran, dass dies bei seinem hohen Alter eigentlich viel Symbolcharakter besaß. Für sich persönlich, aber auch für die Bücher, die er zusammen mit dem Nikolaus und dem Alpaka unter dem Pseudonym Ralf Neubohn schrieb.

Würden die geneigten Leser ihnen die Treue halten? Wenn ja, konnten sie weiterschreiben. Sollte das Interesse erlahmen, ging für das Autorentrio allmählich die Abendsonne unter. Sie konnten nur voller Elan und mit viel liebe Bücher schreiben, aber allein die Leser entschieden über Erfolg und Misserfolg.

Über was alles gab es von ihnen schon Bücher! Krimis, schwarzen Humor, die Jahresfeste und vieles mehr. Ralphus schrieb so gerne, weil es so spannend war, welche Themen besonders gut ankamen und welche nicht. Es ließ sich nie vorhersagen. Bücher, an deren Erfolg niemand zweifelte, floppten. Bücher, von denen keiner annahm, dass sie irgendjemand interessieren könnten, wurden große Erfolge. Dadurch blieb es stets spannend, Autor zu sein. Ralphus hoffte daher sehr, weiterschreiben zu können. Ob ihm die werten Leser die Treue hielten und es ihm so ermöglichten? Wer weiß?

Bücher von Ralf Neubohn:

Da viele Leser immer wieder nach einer Übersicht meiner lieferbaren Werke fragen, hier nun ein Teil der über den Buchhandel erhältlichen Titel. Alle kann ich hier nicht auflisten, weil es einfach zu viel ist, was es an Büchern von mir als Autor und Herausgeber gibt.

Gedichte

„Hier und Jetzt"

„Lyrik – muß das sein?"

„Frisch gewagt"

Gedichte und Kurzgeschichten

„Die zauberhaften Altbohns"

Bücher mit schwarzen Humor Gedichten

„Abra Makabra Schlimmsalabim"

„Die Gartenschau-Morde"

„Tod auf dem Kaktus"

„Neues vom 1. April"

Kurzkrimis

„Abschied ist nicht nur ein bisschen wie Sterben"

„Mörderisch gut"

„Kriminelle Energie"

Alpaka Reihe

„Die Alpakas vom Nikolaus"

„Der Nikolaus und sein Alpaka auf Tournee"

„Applaus für Alpaka und Osterhase"

Gartenschau Trilogie

„Flammenfeder live von der Gartenschau"

„Gartenschau Phantasie"

„Herzlich willkommen Gartenschau"

„Galaabend für die Gartenschau"

„Abschiedsvorstellung für die Gartenschau"

„Die Gartenschau-Morde"

„Tod auf dem Kaktus"

„Neues vom 1. April"

„Gartenschau Magie"

„Die Gartenschau im Rampenlicht"

Heiteres aus dem Autorenleben

„Im Tal der Autoren"

„Alle Autoren an Bord"

„Terry ein Schotte in Schwaben"

„Erinnerungen eines vergesslichen"

„Die zauberhaften Altbohns"

Science Fiction/ Fantasy

„Sam Space"

Jahresfeste

„Weihnachten mit dem literarischen Kleeblatt"

„Auf der Suche nach dem verlorenen Osterei"

„Weihnachten und Silvester mit Flammenfeder"

„Vorhang auf für Nikolaus, Weihnachten und Ferien"

„Bühne frei für Fasching und Halloween"

„Die Alpakas vom Nikolaus"

„Die Bettsocken vom Weihnachtsmann"

„Silvester und Weihnachtsmarkt geben sich die Ehre"

„Der Nikolaus und sein Alpaka auf Tournee"

„Applaus für Alpaka und Osterhase"

Weitere Bücher von mir liste ich einem der nächsten Bücher von mir auf, sonst wird es heute ein bisschen zu viel.

Ich möchte noch darauf hinweisen, dass Bücher bei einigen Verlagen nicht unbegrenzte Zeit lieferbar sind. Wenn Bücher bereits lange auf dem Markt sind bzw. wenn es von diesen schon mehrere Auflagen gab, werden dann oft keine Auflagen davon mehr gedruckt.

Diese Bücher sind dann also irgendwann nicht mehr lieferbar. Daher kann ich nur dringend empfehlen, Bücher die Sie interessieren, rechtzeitig über Ihre Buchhandlung zu bestellen.

Bereits schon jetzt gibt es sehr viele Bücher von mir nicht mehr, die ich deshalb hier erst gar nicht aufgelistet habe.

Über den Autor Ralf Neubohn:

Ralf Neubohn hat bereits zahlreiche Bücher geschrieben bzw. herausgegeben und ist einem breiten Publikum durch regelmäßige Lesungen bekannt.

Er hat auch einen Literaturpreis gestiftet. Den „Neuen Literaturpreis Remstal".

Neubohn schreibt Krimis, Lyrik, heitere Romane und Kurzgeschichten.

Nachwort

Liebe Leser,

schon seit sehr langer Zeit las ich vorzugsweise Bücher von Autoren aus der Region Brandenburg, weil sie sowas ganz Besonderes haben.

Dies brachte mich schließlich dazu, während meiner Urlaube auch persönlich Land und Leute kennenzulernen.

Ich brauche dem geneigten Leser wohl kaum die vielen Naturschönheiten und Kulturschätze der Region aufzählen. Es sind derer so viele!

Eigentlich wollte ich sachlich über alle die Schönheiten Brandenburgs schreiben. Doch dies haben vor mir schon so viele andere Leute getan. So beschloss ich meine Hommage an Brandenburg in der vorliegenden Form dieses Buches zu machen. Die humorvolle Behandlung soll gleichzeitig aber auch Menschen anderer Regionen neugierig auf Brandenburg machen und sie zum Urlaub dort verlocken. Hoffentlich erreiche ich dieses Ziel!

Am Schluss des Buches möchte ich allen meinen Lesern danken! Einen speziellen Gruß allen netten Menschen, die ich in Brandenburg kenne!

Alles Gute, bis zu meinem nächsten Buch bzw. zu meiner nächsten Reise ins herrliche Brandenburg!

Bis bald, Ihr

Ralf Neubohn